Another Sommer-Time Story™ Bilingual

MISERABLE MILLIE
La Pobrecita Mili

By Carl Sommer
Illustrated by Enrique Vignolo

Advance
PUBLISHING, INC. • HOUSTON
A Division of Sommer Learning Group

Permissions
Advance Publishing, Inc.
6950 Fulton St.
Houston, TX 77022

www.advancepublishing.com

First Edition
Printed in Malaysia

Library of Congress Cataloging-in-Publication Data

Sommer, Carl, 1930-
  [Miserable Millie. English & Spanish]
  Miserable Millie = La pobrecita Mili / by Carl Sommer ; illustrated by Enrique Vignolo.
     p. cm. -- (Another Sommer-time story)
  Summary: Millie, who always complains when she does not get her way, runs away from home and learns some important lessons about why rules and boundaries are important.
  ISBN-13: 978-1-57537-160-3 (library binding : alk. paper)
  ISBN-10: 1-57537-160-X (library binding : alk. paper)
 [1. Behavior--Fiction. 2. Conduct of life--Fiction. 3. Runaways--Fiction. 4. Spanish language materials--Bilingual.] I. Vignolo, Enrique, 1961- ill. II. Title. III. Title: Pobrecita Mili.

 PZ73.S65525 2008
 [E]--dc22

                                                              2008002376

MISERABLE MILLIE

La Pobrecita Mili

Millie lived in a nice house with Papa, Mama, and her older brother and sister, Willie and Betsy. Millie had lots of toys to play with, plenty of good food to eat, and a cozy bed to sleep in. But Millie was *always* miserable. To her, the whole world was unfair.

Mili vivía en una bonita casa con Papá, Mamá, y sus hermanos mayores, Willie y Betsy. Tenía muchísimos juguetes, comida abundante y deliciosa, y una cama confortable donde dormir, pero *siempre* se sentía desdichada. Para ella, todo el mundo era injusto.

Whenever Papa or Mama gave their children chores to do, Millie constantly complained, "*I always have to do the most work.*"

This made Papa and Mama very sad because it was not true. But Millie did not care. In her mind, whatever she felt was unfair had to be true. And that was all that mattered to Millie.

Cada vez que Papá o Mamá les daban a los niños tareas para hacer, Mili se quejaba todo el tiempo, "Siempre me toca hacer mucho más a mí".

Esto entristecía mucho a Mamá y a Papá, porque no era verdad, pero a Mili eso no le importaba. En su cabeza, cualquier cosa que ella considerara injusta tenía que ser cierta, y no le importaba nada más.

Whenever Millie went to bed, she always grumbled, "All my friends can stay up late watching TV, but *I* can't!"
Millie was not sure this was true, but that is the way she felt.

Cada vez que Mili se iba a la cama, protestaba, "¡Todos mis amigos se quedan viendo la tele hasta tarde, menos *yo*!"
No estaba segura de que esto fuera cierto, pero así se sentía.

Whenever Millie played games with Willie and Betsy, she always wanted to play according to *her* rules. But Willie and Betsy would insist, "We need to play according to the rules of the game."

If Millie did not get her way, she would quit playing and yell, "You're stubborn! You always want to play *your* way!"

Cada vez que Mili jugaba algún juego con Willie y Betsy, quería que siempre se siguieran sus propias reglas, pero Willie y Betsy insistían, "Tenemos que seguir las reglas del juego".

Si Mili no se salía con la suya, dejaba de jugar y gritaba, "¡Son muy testarudos! ¡Siempre quieren jugar a *su* manera!"

One day Millie announced, "I'm going to the park to play."

"It's dangerous for young girls to go alone to the park," warned Mama.

"All my friends can go wherever they want," cried Millie. "Why can't I? I can't do anything by myself!"

"You need to trust us," said Mama.

Millie stomped out of the room mumbling, "It's not fair! No one ever trusts *me!*"

Un día, Mili anunció, "Voy al parque a jugar".

"Es peligroso que una niña pequeña vaya sola al parque", le advirtió Mamá.

"Todos mis amigos pueden ir adonde quieran", lloró Mili. "¿Por qué yo no? ¡No puedo hacer nada sola!"

"Tienes que confiar en nosotros", le dijo Mamá.

Mili salió como una tromba de la habitación, murmurando "¡No es justo! ¡Nadie confía en *mí*, nunca!"

When Millie was in school, she often talked to the girl in front of her. The teacher would say, "Millie! Stop talking to Susie."

Cuando Mili estaba en la escuela, a menudo conversaba con la niña en frente de ella. La maestra le decía, "¡Mili! Deja de conversar con Susie".

When the teacher was not looking, Millie always complained to Susie, "The teacher is so unfair. She only picks on me!"

Y cuando la maestra no miraba, Mili siempre se quejaba con Susie, "La maestra es tan injusta. ¡Sólo la tiene conmigo!"

One day while playing in the back yard, Willie accidentally bumped Millie. "Ouch!" screamed Millie. "Why did you hit me?"

"I'm sorry," stammered Willie. "It was an accident."

"No, it wasn't," insisted Millie. She picked up a stick and began hitting Willie on the head.

When Mama heard Willie yelling, she rushed to the window and called them both in.

Un día, mientras jugaban en el patio, Willie chocó accidentalmente con Mili. "¡Ay!", gritó Mili. "¿Por qué me pegaste?"

"Disculpa", tartamudeó Willie. "Fue un accidente".

"No, no lo fue", insistió Mili. Y levantó un palo y empezó a golpear a Willie en la cabeza.

Al oír los gritos de Willie, Mamá corrió hacia la ventana y les ordenó entrar.

After hearing what had happened, Mama scolded Millie. "Go to time-out right now! Tonight, you're going to bed early!"

Millie stomped off to the corner. When Betsy walked past her, Millie sobbed, "Why should *I* always get punished and not Willie? He hit me first."

"Willie bumped you by accident," explained Betsy.

"You're against me, too," cried Millie. "I'm always the one being picked on!"

Tras escuchar lo que había sucedido, Mamá regañó a Mili. "¡Estás castigada ahora mismo! ¡Esta noche te irás a la cama más temprano!"

Mili salió disparada hacia el rincón. Cuando Betsy pasó a su lado, Mili sollozó, "¿Por qué siempre me castigan a *mí* y no a Willie? Él me pegó primero".

"Willie te chocó por accidente", le explicó Betsy.

"Tú también estás en mi contra", gritó Mili. "¡Siempre se la toman conmigo!"

Millie's family was invited to a wedding. In order to be noticed, Millie put on a red skirt, orange blouse and socks, blue shoes, green ribbons on her ears, and carried a yellow purse.

When her mother saw her, she exclaimed, "Millie, your clothes don't match."

La familia de Mili estaba invitada a una boda. Para llamar la atención, Mili se puso una falda roja, blusa y calcetines naranja, zapatos azules, cintas verdes en las orejas, y un bolso amarillo.

Cuando su madre la vio, le dijo, "Mili, esa ropa no combina".

Millie put her hands on her hips and whined, "Why can't I wear what *I* want? Everyone else wears whatever they want!"

"You're not going to the wedding dressed like that!" insisted Mama.

Millie stomped out of the room crying.

Mili apoyó las manos en las caderas y lloriqueó, "¿Por qué no puedo ponerme lo que quiera? ¡Todos los de más se ponen lo que quieren!"

"¡No vas a ir a la boda vestida de esa manera!", insistió Mamá.

Mili salió corriendo del cuarto, entre llantos.

Millie constantly had something to grumble about. If anything bad happened to her, it was *always* someone else's fault. In her eyes, she never did anything wrong.

As Millie lay in bed that night, she got so disgusted at how everyone was so mean and unfair to her that she got out of bed and made a list of her complaints:

Mili siempre tenía algo de qué quejarse. Si algo malo le pasaba, *siempre* la culpa era de otro. En su opinión, ella nunca hacía nada mal.

Mientras estaba acostada en su cama esa noche, se puso tan disgustada por el modo en que todos eran crueles e injustos con ella que se levantó de un salto y escribió una lista de sus quejas:

I work harder than anyone around the house.
I go to bed earlier than all my friends.
No one ever plays by my rules.
I can't eat whatever I want.
I can't watch what I want on TV or the Internet.
My friends can go anywhere, but I can't.
Teachers only pick on me.
I'm the only one who gets punished.
I can never wear clothes I like.
No one ever trusts me!

Yo trabajo más que cualquier otro en la casa.
Me voy a la cama más temprano que todos mis amigos.
Nadie quiere jugar con mis reglas.
No puedo comer lo que quiero.
No puedo ver lo que quiero en la tele o por Internet.
Mis amigos van a todas partes, pero yo no puedo.
Los maestros la tienen conmigo.
Soy la única a la que castigan.
Nunca puedo usar la ropa que me gusta.
¡Nadie confía en mí, nunca!

That night, with tears rolling down her cheeks, Millie groaned, "Everyone hates *me*! Papa, Mama, Willie, Betsy, friends, teachers—EVERYONE! I can't do anything *I* want. It's so unfair! No one has it as bad as I do. I'm the most miserable girl in the whole world!"

As she lay in bed crying, suddenly she got an idea. She sat up straight in bed and exclaimed, "I'll run away from home! Then *I* can do anything *I* want!"

Esa noche, mientras le corrían las lágrimas por las mejillas, Mili se lamentaba, "¡Todos me odian! ¡Papá, Mamá, Willie, Betsy, los amigos, los maestros—TODOS! No puedo hacer nada de lo que quiero. ¡Es tan injusto! A nadie le va tan mal como a mí. ¡Soy la niña más desdichada del mundo!"

Mientras lloraba echada en su cama, de repente tuvo una idea. Se incorporó en su cama y exclamó, "¡Me escaparé de casa! ¡Así podré hacer todo lo que quiera!"

18

Her heart beat with great excitement as she thought about all the fun things she could do. "I can watch whatever *I* want on TV. I can go to bed anytime. I can dress the way *I* like. I can eat anything *I* want. I can go to any park whenever *I* wish, and no one can stop *me*! I'll be free at last!"

Su corazón latía con mucha excitación mientras pensaba en todas las cosas divertidas que podría hacer. "Podré ver lo que me dé la gana en la tele. Y acostarme a la hora que quiera. Y vestirme como a mí me guste. Podré comer lo que se me ocurra, e irme a cualquier parque cuando me dé la gana, ¡y nadie podrá detenerme! ¡Por fin voy a ser libre!"

Millie could hardly sleep thinking about all the fun things that she could do. When morning came, she jumped out of bed and sneered saying, "This is the last day of my old life! I hope I *never* see this terrible house again!"

When school ended, Millie raced home. When she saw Mama working in the garden, she quickly went to Mama's purse and stole some

Mili apenas pudo dormir, pensando en todas las cosas divertidas que podría hacer. Cuando llegó el día, saltó de la cama y dijo con una sonrisa despectiva, "¡Este es el último día de mi antigua vida! ¡Espero no volver a ver esta horrible casa *nunca* más!"

Al terminar la escuela, Mili corrió a su casa. Cuando vio que Mamá estaba trabajando en el jardín, corrió hasta su bolso y le

money. Then she went to empty her piggy bank.

"When everyone is sleeping," she whispered grinning from ear to ear, "I'll climb out the window and run away. This is so, so exciting!"

Into her backpack she put some candy and snacks. She then hid the backpack under her bed.

robó un poco de dinero. Luego vació su alcancía.

"Cuando todos estén durmiendo", murmuró con una sonrisa de oreja a oreja, "me treparé por la ventana y me escaparé muy lejos. ¡Esto es tan fantástico!"

Guardó algunos caramelos y galletas en su mochila, y la escondió bajo la cama.

Millie could not wait until nighttime. When everyone was sound asleep, she dressed quickly, grabbed her yellow purse and backpack, and very quietly opened the window. "This is going to be so much fun," snickered Millie as she crawled out the window.

Mili no podía esperar a que fuera medianoche. Una vez que todos estuvieron profundamente dormidos, se vistió rápidamente, tomó su bolso amarillo y su mochila, y abrió en silencio la ventana. "Esto va a ser tan divertido", se dijo Mili con una risita, mientras salía arrastrándose por la ventana.

When she was a few blocks from her home, she threw her arms into the air and proclaimed, "Free! Free! Free at last! Now *I* can do whatever *I* want. This is the happiest day of my life!"

Cuando estuvo a unas cuadras de su casa, extendió sus brazos y exclamó, "¡Libre! ¡Libre! ¡Libre por fin! Ahora puedo hacer lo que quiera. ¡Es el día más feliz de mi vida!"

23

Millie went skipping down the road to the bus station singing, "I'm so happy! I'm so happy!"

When she arrived at the bus station, she bought a ticket to the big city. She was so excited that she could hardly sleep on the bus. It was daytime when the bus arrived in the city.

Mili bajó saltando por la calle hacia la estación de autobuses, mientras cantaba "¡Soy tan feliz! ¡Soy tan feliz!"

Al llegar a la estación compró un billete para la gran ciudad. Estaba tan excitada que apenas pudo dormir en el autobús. Era ya de día cuando llegó a la ciudad.

"I'm hungry," said Millie. Then with a big grin she said, "Now *I* can eat whatever *I* want!"

She went into a restaurant and said, "I want a large hot fudge sundae with lots of whipped cream."

"You want that for breakfast?" asked the surprised waitress.

"Yes," replied Millie. "That's my favorite breakfast."

An hour later, Millie moaned, "Ohhhh! My stomach hurts!"

For the rest of the day Millie could not eat.

"Tengo hambre", dijo Mili. Y con una enorme sonrisa se dijo, "¡Ahora puedo comer lo que quiera!"

Entró a un restaurante y pidió, "Un helado grande con chocolate caliente, y mucha crema batida".

"¿Eso vas a desayunar?", le preguntó sorprendida la camarera.

"Sí", respondió Mili. "Ese es mi desayuno favorito".

Una hora más tarde, Mili gemía, "¡Ohhhh! ¡Cómo me duele el estómago!"

Mili no pudo comer nada en todo el día.

Millie passed an amusement park. "Oh good!" she exclaimed. "I can go on all kinds of rides, and no one can stop *me!*"

But because of her stomachache, Millie did not enjoy any of the rides. For the rest of the day she just walked around the city. Millie was bored.

Mili pasó por un parque de diversiones. "¡Qué bueno!", exclamó. "¡Puedo subir a todos los juegos, y nadie podrá detenerme!"

Sin embargo, como le dolía el estómago, no disfrutó de ninguno de los juegos. Durante el resto del día Mili sólo dio vueltas por la ciudad. Estaba aburrida.

When it was almost dark, Millie decided to go to the city park to find a place to sleep. "Mama never trusted me to make my own decisions," she mumbled with a sneer, "but now *I* can go anywhere *I* want, and no one can stop me!"

Millie strutted into the park. When she passed a group of boys, one of the boys pointed and shouted, "Look! She's alone."

Cuando ya casi era de noche, decidió ir al parque de la ciudad para encontrar un lugar en dónde dormir. "Mamá nunca confió en mí para tomar mis propias decisiones", murmuró con una mueca, "pero ahora puedo ir adonde quiera, ¡y nadie me puede detener!"

Mili entró al parque con paso decidido. Al pasar al lado de un grupo de muchachos, uno de ellos la señaló y gritó, "¡Miren! Está sola".

The boys took off and ran to get Millie. Millie ran as fast as she could screaming, "Help! Help!"

But there was no one to help her. The boys were getting closer and closer.

Los muchachos salieron corriendo para agarrarla. Mili corrió a toda velocidad, gritando "¡Auxilio! ¡Auxilio!"

No había nadie para ayudarla. Los muchachos estaban cada vez más cerca.

Millie raced to the top of a hill. Just as the boys were about to catch her, a police officer appeared. The boys quickly scattered into the bushes. "Please help me," pleaded Millie. "Those boys were chasing me."

"You'd better go home right now," warned the officer. "It's dangerous for kids to be alone in the park. I'll walk you out of the park."

"Thank you so much," said Millie.

Before this Millie hated police. But now she was really glad to see one.

Mili corrió hasta la cima de una colina. Justo cuando estaban a punto de alcanzarla apareció un policía. Los muchachos se dispersaron rápidamente entre los arbustos. "Por favor, ayúdeme", le rogó Mili. "Esos muchachos me estaban persiguiendo".

"Más vale que te vayas ya mismo a tu casa", le advirtió el policía. "Es peligroso que un niño esté solo en el parque. Te acompañaré hasta la salida".

"Se lo agradezco tanto", le dijo Mili.

Antes, Mili había detestado a los policías, pero ahora estaba realmente contenta de ver a uno.

"I need to find a safe place to sleep," sighed Millie.
She searched and searched for a place to sleep, but she could not find anything. Then she saw a bench on the edge of a small park. "I'll just lie down and rest a while," she thought. But she quickly fell asleep.

"Necesito encontrar un lugar seguro donde dormir", suspiró Mili.
Buscó y buscó un lugar, pero no pudo encontrar nada. Entonces vio una banca en el borde de un pequeño parque. "Sólo me recostaré a descansar un rato", pensó, pero rápidamente se quedó dormida.

When the sun shone in her face, it woke her up. "Oh my aching back!" she groaned. "A bench is a terrible thing to sleep on."

Then her stomach began to rumble. "I'm hungry," she said, "but today I need to eat a good breakfast. I surely don't want another stomachache."

Millie found a restaurant and ordered orange juice, eggs, toast, and milk—the same food her mother often served for breakfast.

Se despertó cuando el sol empezó a pegar en su cara. "¡Ay, cómo me duele la espalda!", se quejó. "Es terrible dormir en una banca".

Y entonces su estómago empezó a gruñir. "Tengo hambre", se dijo, "pero hoy necesito tomar un buen desayuno. No quiero otro dolor de estómago".

Mili encontró un restaurante y pidió jugo de naranja, huevos, tostadas y leche—la misma comida que su mamá le servía a menudo para desayunar.

31

After paying for her breakfast, Millie discovered she had only a few pennies left. She had spent most of her money in the amusement park. "Now I can't do the fun things I planned," she murmured. Millie was miserable. All day she walked around the big city

Tras pagar por su comida, Mili descubrió que sólo le quedaban unas moneditas. Se había gastado casi todo su dinero en el parque de diversiones. "Ahora ya no puedo hacer las cosas divertidas que había planeado", murmuró.

Mili se sentía desdichada. Caminó todo el día dando vueltas por

hoping to find some money. When she passed some street girls, they wanted her to join them.

"I'm not interested," stammered Millie. Then she said to herself, "I don't want to live like that."

la gran ciudad, esperando encontrar algún dinero. Al pasar al lado de unas muchachas de la calle, la invitaron a unirse a ellas.

"No me interesa", tartamudeó Mili. Y luego dijo para sí misma, "Yo no quiero vivir así".

It was past dinnertime and Millie was starving. She looked in a garbage can to find something to eat. "Oh good," she exclaimed as she picked up a half-eaten hamburger and some cold French fries.

She took one bite of the hamburger and a French fry. She spit out the food and grumbled, "This tastes terrible!"

She kept searching for food, but she could not find any. She went back to the garbage can and found the same hamburger and French fries. This time she ate it, but she hated every bite.

Ya había pasado la hora del almuerzo, y Mili se moría de hambre. Revolvió en un bote de basura para ver si encontraba algo de comer. "Qué bueno", exclamó, levantando una hamburguesa a medio comer y unas papas fritas frías.

Tomó un bocado de la hamburguesa, y una papa frita. Escupió la comida y refunfuñó, "¡Esto tiene un sabe horrible!"

Siguió buscando comida, pero no encontró nada. Volvió al bote de basura y sólo encontró la misma hamburguesa y las papas fritas. Esta vez se las comió, detestando cada bocado.

"Where am I going to sleep tonight?" Millie wondered. "I'm not sleeping on that bench again! My back still hurts."

She finally found a pile of cardboard boxes behind an old factory. She strained her eyes looking to the right and to the left. "Good," she declared. "It's safe here."

Then she crept into one of the boxes. She found some newspapers and crumbled them up for a pillow. Fortunately, the night was warm.

"¿Dónde voy a dormir esta noche?", se preguntaba. "¡No pienso volver a dormir en esa banca! Todavía me duele la espalda".

Finalmente encontró una pila de cajas de cartón detrás de una vieja fábrica. Forzó sus ojos mirando a derecha e izquierda. "Bien", se dijo, "acá es seguro".

Y se arrastró dentro de una de las cajas. Encontró algunos periódicos y los arrugó para formar una almohada. Por suerte la noche estaba cálida.

Millie lay awake for a long time shaking with fear. "I hope nobody finds me," she sobbed, as tears streamed down her face. "Ohhh! How I wish I were safe in my bed. Now I'm all alone and scared. Why was I so foolish to steal money from Mama's purse and run away from home? Now Papa and Mama will never want me back."
Millie cried and cried until she fell asleep.

Mili se quedó acostada despierta por mucho rato, temblando de miedo. "Espero que nadie me encuentre", sollozaba, mientras le corrían las lágrimas por la cara. "¡Ay, cómo quisiera estar segura en mi cama! Ahora estoy sola y con miedo. ¿Por qué fui tan tonta de robarle dinero a Mamá de su bolso, y escaparme de casa? Ahora Papá y Mamá no van a querer que vuelva nunca más".
Mili lloró y lloró hasta que se quedó dormida.

Meanwhile, Papa and Mama were searching everyday for Millie. "Where's my Millie?" Mama would wail over and over.

"I don't know," Papa would sigh with tears, "but we're going to search for her until we find her."

Papa, Mama, Willie, and Betsy put signs up all over town offering a reward for anyone finding Millie.

Entre tanto, Papá y Mamá la buscaban todos los días. "¿Dónde está mi Mili?", se lamentaba Mamá una y otra vez.

"No lo sé", suspiraba Papá con los ojos llenos de lágrimas, "pero la seguiremos buscando hasta encontrarla".

Papá, Mamá, Willie y Betsy colgaron carteles por todo el pueblo, ofreciendo una recompensa para el que encontrara a Mili.

That night a cold front blew in. When Millie got up the next day, it was cold and raining. "Brrrrr," she chattered. "I'm freezing. I hate to leave this cardboard box and get wet, but I'm starving."

Millie went out into the freezing rain and walked to a shopping mall. On top of a table she found a half-eaten sandwich. "Oh great!" she said as she gobbled up the sandwich.

Esa noche llegó un frente frío. Cuando Mili se despertó al día siguiente, estaba frío y lluvioso. "Brrrrr", tiritaba. "Me estoy congelando. Odio tener que salir de esta caja de cartón y mojarme, pero me muero de hambre".

Mili salió bajo la lluvia helada y caminó hasta un centro comercial. Sobre una mesa encontró un emparedado a medio comer. "¡Buenísimo!", dijo, mientras lo engullía.

But Millie did not know that a sick person had eaten that sandwich. That night Millie got very sick. All alone she lay in her cardboard box moaning, shivering, and throwing up. It was the most miserable night she had ever had. She cried and cried until she could cry no longer.

Lo que Mili no sabía era que una persona enferma había estado comiendo ese emparedado. A la noche siguiente Mili se sentía muy mal; completamente sola, se quedó echada en su caja de cartón, gimiendo, temblando y vomitando. Era la peor noche de su vida; lloró y lloró hasta no poder más.

The next morning Millie felt slightly better. As she searched for something to eat, she passed a candy counter. "My favorite food!" she declared. "If only I could have a piece of candy."

Millie looked in her purse. She had only a few pennies left. Then she looked to the right and to the left. Quickly, she grabbed a piece of candy and ran.

A la mañana siguiente Mili se sentía un poquito mejor. Mientras buscaba algo para comer, pasó al lado de una tienda de caramelos. "¡Mi comida favorita!", exclamó. "Si sólo pudiera comer un caramelo".

Mili buscó en su bolso; sólo le quedaban unas pocas monedas. Luego miró a derecha e izquierda. Rápidamente, agarró un caramelo y salió corriendo.

"Stop that thief!" screamed a woman.

Hearing the woman, the store owner ran after Millie yelling, "Thief! Catch that thief!"

A police officer heard the commotion. He looked around and saw Millie running toward him. When Millie came near him, he stopped her. The store owner told the police officer what had happened.

"Come with me," demanded the officer.

"¡Detengan a la ladrona!", gritó una mujer.

Al escuchar a la mujer, el dueño de la tienda corrió tras de Mili, gritando "¡Ladrona! ¡Atrapen a esa ladrona!"

Un policía escuchó el alboroto; miró a los lados y vio a Mili corriendo hacia él. Cuando se acercó, la detuvo. El dueño de la tienda le contó al policía lo que había sucedido.

"Ven conmigo", le ordenó el policía.

The officer took Millie to the police station and called her parents. When Mama heard that Millie had been found, she shouted for joy. Then she exclaimed, "We're coming right away!"

El oficial llevó a Mili a la estación de policía y llamó a sus padres. Cuando Mamá se enteró de que habían encontrado a Mili, gritó de alegría y exclamó, "¡Vamos allá de inmediato!"

Millie began to cry and shake all over. "What will Papa and Mama do to me?"

To Millie's great surprise, when Papa saw her, he ran to her and gave her a giant hug. With tears streaming down his face, Papa said, "We love you, Millie. We're so glad we found you."

Then Mama wrapped her arms around her and began kissing her and saying over and over, "We're so *happy* to see you."

The police officers just smiled. They were glad they had saved another girl from the streets.

Mili empezó a llorar, y a temblar como una hoja. "¿Qué me van a hacer Papá y Mamá?"

Para su gran sorpresa, cuando Papá la vio corrió hacia ella y la estrechó en un fortísimo abrazo. Con lágrimas corriéndole por el rostro, Papá le dijo, "Te amamos, Mili. Estamos tan contentos de haberte encontrado".

Luego Mamá la envolvió con sus brazos y empezó a besarla, mientras le decía una y otra vez, "Estamos tan *felices* de verte".

Los policías simplemente sonrieron. Estaban contentos de haber salvado a otra niña de los peligros de la calle.

When Millie came home, she gave Mama, Papa, and even Willie and Betsy big hugs. "We're so glad to have you back," said Betsy.

Then with tears streaming down her face Millie confessed, "I'm so sorry for stealing and for all the bad things I've done. Papa, Mama, I was very foolish for not listening and trusting you. "Living on the

Cuando Mili llegó a la casa, abrazó muy fuerte a Mamá, a Papá y hasta a Willie y Betsy. "Estamos tan contentos de que hayas vuelto", le dijo Betsy.

Entonces, con lágrimas corriéndole por la cara, Mili confesó, "Estoy tan apenada por haber robado, y por todas las cosas malas que hice. Papá, Mamá, fui tan tonta por no escucharlos y confiar en

44

streets was terrible and very dangerous. I was alone and scared. I had no money, no food to eat, and nowhere to sleep. I thought that if I could do whatever I wanted, I'd be happy. But I was *miserable*."

ustedes. Vivir en las calles fue terrible, y muy peligroso. Estaba sola y asustada; no tenía dinero, ni comida, ni dónde dormir. Pensaba que si podía hacer todo lo que quisiera, sería feliz, pero fui muy *desdichada*".

When Millie went to bed that night, Papa and Mama wrapped their arms around her and said, "We love you, Millie. We're *so* glad to have you back home again."

Cuando Mili se acostó aquella noche, Papá y Mamá la estrecharon en sus brazos y le dijeron, "Te queremos, Mili. Estamos tan contentos de tenerte de nuevo en casa".

As Mama tucked her into her warm, cozy bed, Millie replied, "Thank you, Papa and Mama. I'm *so* glad to be home. Now I'm the happiest girl in the whole world!"

Mientras Mamá la arropaba en su cama cálida y confortable, Mili respondió, "Gracias, Papá y Mamá. Estoy tan feliz de estar en casa. ¡Y ahora soy la niña más feliz del mundo!"

Read Exciting Character-Building Adventures
★★★ Bilingual Another Sommer-Time Stories ★★★

978-1-57537-150-4

978-1-57537-151-1

978-1-57537-152-8

978-1-57537-153-5

978-1-57537-154-2

978-1-57537-155-9

978-1-57537-156-6

978-1-57537-157-3

978-1-57537-158-0

978-1-57537-159-7

978-1-57537-160-3

978-1-57537-161-0

All 24 Books Are Available As Bilingual Read-Alongs on CD

English Narration by Award-Winning Author Carl Sommer
Spanish Narration by 12-Time Emmy Award-Winner Robert Moutal

ANOTHER SOMMER-TIME STORY
Fun Times With Timeless Virtues
Bilingual Series

Also Available! 24 Another Sommer-Time Adventures on DVD

English & Spanish

978-1-57537-162-7

978-1-57537-163-4

978-1-57537-164-1

978-1-57537-165-8

978-1-57537-166-5

978-1-57537-167-2

978-1-57537-168-9

978-1-57537-169-6

978-1-57537-170-2

978-1-57537-171-9

978-1-57537-172-6

978-1-57537-173-3

ISBN/Set of 24 Books—978-1-57537-174-0
ISBN/Set of 24 DVDs—978-1-57537-898-5

ISBN/Set of 24 Books with Read-Alongs—978-1-57537-199-3
ISBN/Set of 24 Books with DVDs—978-1-57537-899-2

For More Information Visit www.AdvancePublishing.com/bilingual